旅立つあなたへ

自分を愛するための20章

五木寛之

毎日新聞出版

はじめに

「人生百年時代」と言われて、戸惑いを感じない人がいるだろうか。

これまでの文化、すなわち文学、美術、思想、演劇、その他の知的財産は、すべて「人生五十年」を基準に作られたものである。

私たちはこれから地図のない旅、羅針盤のない航海に向けて出発しなければならないのだ。未知の世界に対する心のときめきと同時に、大きな不安を抱えていることも事実である。

新たな出発にあたって、これまで自分が歩いてきた軌跡をふり返ってみると、右へ左へとドリフトしながらも、めざす方向は変っていないことに気づく。たとえ状況が変っても、この歩みを続けていくしかないと、あらためて思うのだ。

時代は目まぐるしく変っていく。最近ではその変化のスピードがただごとではない。昨日までの真実が今日は逆になることとすらめずらしくはない。遠くにまたたく北極星をめざして進んでいけばよいと言われても、その星の光すら一定ではないのだから。

「ポスト真実」の時代といわれたのは、きのうのことだった。いまや「ロスト真実」の時代が始まったと言ってもいいだろう。なにがフェイクで、なにが真実かすらはっきりしないたそがれどきの現実が目の前に横たわっている。

この状況を乗り切っていくには、あらためてこれまでの足跡を検証してみる必要があるのではないか。

ここに五十年にわたる自分の文章を集めてみたのは、懐古の感情からではない。きたるべき未知の世界に足を踏みだす前に、おのれの足場を確認しておきたかったからである。同時代を生きたかたがたにも、そうでない人びとにも、なにかを汲みとって頂ければ幸いである。

目次

はじめに　1

1　春に想う　13

2　目的地　23

3　人間の値打ち　33

4　眠りにつくとき　45

5　後悔について　57
6　郷愁を友に　65
7　老いと寄り添う　75
8　身体の声　87
9　時代の振り子　99
10　願いごと　113

11 臆せず悲しめ 121
12 浄土は地上に 129
13 光さす場所 139
14 言葉はうたう 151
15 いまの一大事 159
16 病も一部 173

17　信じるということ　183
18　自分という物語　193
19　放浪者たちへ　203
20　家路　213
あとがき　223
出典一覧　226

旅立つあなたへ

自分を愛するための20章

1　春に想う

一年一年、年を重ねていくごとに悲しみ、苦しみ、嘆き、そういうものは深まっていくばかりである。しかし、目を逸《そ》らさずに真っすぐそうしたものを見つめていると、それが積もり積もっていく彼方《かなた》の、その悲しみや憂《うれ》いのむこう側に、華やいで生き生きと活性化してくる自分の命というものが見える。

『朝顔は闇の底に咲く』

1

すべてはうつろっていく。今この瞬間、この素晴らしさは、やがてすぐに消えてしまう儚《はかな》いものである。それと同時に、それを見ている私自身はどうか、あといくたびこの春を見ることができるであろうか。

『人間の覚悟』

私たちは生《せい》を望む。

死は遠くにある方が望ましい。

きょうは晴れた暖かい日だった。アカシアの並木が、ようやく芽ぶいて若葉が五月の陽光のもとにみずみずしく輝いている。


『下山の思想』

1

小学生のころ、夏休みがとても待ちどおしかった。それと同じように、一学期が終わって夏休みがはじまるように、死を迎えられないものだろうか。

『天命』

はてしない砂漠。夜空はどこまでも澄み、星は手をのばせば摑《つか》めそうなほど近い。風の音のみが聞こえるなか、自分はどこから来て、どこへ行くのかを思う。

死んだら人はゴミになるのか？

それとも天国や地獄、また浄土《じょうど》とやらに迎えられるのか？

この命はふたたび転生《てんしょう》するのか？

自分が消滅するというのは、一体どんな感じだろう？


『林住期』

人は去ってゆくのではない。
還るのだ。
どこへ？

1

『みみずくの散歩』

この世は生きる意味がある。生きる価値がある。その確かな自覚。

『天命』

2

目的地

人間には二つの生きかたがある。

山をめざして登っていく人生と、流れにまかせて海へくだっていく人生の二つである。

雪をいただく高い峰。それをめざして黙々と歩みをすすめる人間。孤独に耐え、風雪《ふうせつ》にもめげず、一歩一歩登りつづける生きかたは、見る者を感動させずにはおかない。

「犀《さい》の角《つの》のごとく独《ひと》り歩《あゆ》め」と、釈迦《しやか》は言った。その言葉は感動的だ。

しかし、私にはそういう生きかたはできない。大河の流れに身をまかせ、重力のみちびくままに低いほうへ低いほうへと流れくだっていくのが私の人生だ。


『元気』

人生とは限られた時間を、ある目的地へ向かって歩いて行く旅であり、その旅の方向と、期間は、最初からさだめられていると考えていい。生きること、とは、つまり死へ向かって歩いてゆくことであり、誕生とは死への出発のことなのだ。

これだけは間違いないと思う。たとえ愛が永遠であるとか、芸術は不滅であるとか、調子のいいことを言われても、ぼくはただ、ああ、そうですか、と笑ってうなずくだけのことだ。

『エコーの森をぬけて』

幸せな生きかたを求めるならば、どうしても幸せな死にかたを探《さが》さなければならない。そのために大事なことは、常に「死」ということを考え、死のイメージと慣れ親《した》しんでいる必要がある。死をいやなもの、恐ろしいものとして拒否するのではなく、誕生と同じように、ひとつの新しい旅のはじまりとして想像することが望ましいのだ。

『天命』

2

自分という存在も、ここで或《あ》る働きをして、そして姿を消し、死滅し、海に還る。そしてまた新しく生命が生まれ変わっていく。またこの地上に訪れ、川のなかの一滴として海へ還《かえ》ってゆく。その川の流れの過程にある。いまや海に向かってゆうゆうと流れている段階でしょうか。

青春期は、雨となり雪となって地に降り注ぎ潤《うるお》し、渓流《けいりゅう》となって流れてゆく段階。中年期はだんだんと太くなる川の流れ。老年期は、大河がゆっくりと河口に向かって流れてゆく状態。

それは、還るべきところに還ってゆくのですから、「死」というような消滅の概念ではないのです。自分のホームに帰ってゆく。故郷《ふるさと》に帰ってゆくというか。人間の、生命の故郷へ。

『天命』

絆をみずから断つことによって、新しい人生を求めた青年がいた。

「犀の角のごとく独り歩め」

小さな袋ひとつをせおい、弊衣《へいい》をまとって、歌いつつ荒野を放浪する。究極の真理と智慧を求めて。

のちに八十歳でガンジス河にそって旅を続けながら、食中毒でクシナガラの雑木林で行き倒れの生涯を終えるのは、いかにもこの人らしい死に方です。

人は孤独に死んでも少しも不自然ではありません。むしろこの世を去るときは独りで、とはやく覚悟していたほうがいい。

絆、という言葉が、なにか良いもののように語られるのを聞くたびに、正直、つらい気持ちになるのです。

孤独死、それは人間の理想の去り方ではないのか。


『好運の条件』

2

旅とは行動ではない。それは想像力の運動だ。千日回峰《せんにちかいほう》の行者が、歩くことを目的として行をしているのではなく、祈りの場所から場所を巡るために歩いていることを忘れないようにしたい。

一歩を踏みだしたら、すでに旅だ。目をあげて周囲を眺める人間は、すでに旅人である。

『百の旅千の旅』

一体どこに自分の本当の地図を持った人間がいるだろう。私たち人間は、常に地図のない荒野へ旅を続ける単独旅行者のようなものだ。

『地図のない旅』

3　人間の値打ち

肩を落とし、背なかを丸めて、足元を見る。すると、足元に黒いくっきりした影が伸びている。その影がくっきりと黒ければ黒いほど、自分を背中から照らしてくれている確実な光の存在というものを、私たちはそこに感じ取ることができる。

『歓ぶこと悲しむこと』

3

「自己を信じる」ということは至難《しなん》のわざだ。自分を信じようと決意したとしても、なかなかそうはいかない。自己嫌悪ならほとんどの人にできる。自己を信じようと決心してそうできた人は、そういう前向きタイプに生まれてきたことを謙虚に感謝するべきだろう。まして努力ができる性格をあたえられたことは、周りじゅうの人に、「自分だけ恵まれすぎていて申し訳ありません」と謝って歩いていいくらいの幸運ではないか。

努力をした、のではない。努力できたのだ。自分を信じた、のではない。自分が信じられただけなのだ。

『人生の目的』

自分の行為は決してむくわれない、そう思いながらも一生懸命尽《つ》くし、見返りをもとめない。すべて裏切られても仕方ないし、ひょっとしてほんの少しでも相手がそれに対して好意をしめしてくれたなら、飛び上がって喜べばいい。

『人間の関係』

3

今日まで生まれて生きてきた、今も生きている、これから当分の間も生きていくであろう。このことに、人間の値打ちの大半はあるのではないか。人間は存在において、そのことを評価されなければならないのではないか。こう思うようになりました。

人の人生を見て、その人生の軌跡《きせき》というものを価値で認める考え方と、そういうこととは無関係に、存在のほうを優先してもいい考え方があると思います。私は、生きてきたということ、生きていくということを大事に考えたいと思います。なぜかと言えば、生きていくということはそれ自体が、大変困難で大変な作業だからなのです。

『歓ぶこと悲しむこと』

何ものをも失うことを恐れぬ人間として生きたい、とも思う。手かせ足かせのように私の身近にからみついているすべてのもの、それらを一挙に投げ捨てて、一個の生命そのものとして自立したい、と私は思う。そしてそんな自分を実現して、ふと体の奥に火がともったような気分になり、やがて決してそれが現実的な衝動ではないこと、自分にそれをあえてする勇気がないことなどを知って苦笑する。

『地図のない旅』

3

人間は、どのように生きるかを問われません。まず生きる。一日生き、十日生き、一年生き、十年生きるだけでも人間としての大きな価値があるのではなかろうか。その上で、恵まれた野心や体力、才能、そのようなものを与えられて生まれてきた人間は、自分の心の赴くままに、世のため人のため、偉大な業績を成せばよい。

『自分という奇蹟』

人生とは思うようにはならないものである。人はどんなに不愉快でも、そのことを認めないわけにはいかない。人はひとりひとり、すべて異《こと》なったものとして誕生する。身体的な条件はいうまでもない。百八十センチを超える身長に恵まれる者もあれば、青年期に達しても百五十センチ前後の者もいる。万能スポーツマンもいれば、さまざまな場所にハンディキャップをもつ人たちもいる。体型、容貌《ようぼう》、体力、すべてそれぞれにちがう。難病の遺伝子を受けついだ者もいれば、あらかじめ短命が予測される不幸な子供もいる。

それらのことは、すべて本人の責任ではない。努力や忍耐にも関係がない。前世《ぜんせ》で悪いことをしたから、などと言う連中もいるが、とんでもない話だ。

『人生の目的』

3

人は生きていること自体に疲れるものである。この世に生まれ、そして世の中に生きてゆくということは、じつはそれだけでも大変なエネルギーを必要とすることなのだ。

また、人はふと立ちどまって考える瞬間がある。頭で考えなくても、体で感じるときがある。生きている自分は、いったいどこへ向って歩いているのか、と。すべての人間は、永遠に生き続けることはできない。あたえられた時間は限られている。人の向う先は、死。それを拒むことは誰にもできない。ぼくたちが一日生きたということは、あたえられた持ち時間が、一日短くなったということだ。どんなに前向きに考えたとしても、事実は事実である。ぼくたちは日々の暮しのなかで、ふっと一瞬、それを感じるのだ。頭で理解しなくても、体がそれを感じて、かすかにおののく。

『百の旅　千の旅』

闇夜《やみよ》の山道を、重い荷物を背負って歩いているとする。行く手は夜にとけこんで、ほとんど一寸《いっすん》先も見えない。手さぐりで歩きつづけるしかない有様だ。しかも、足もとにはきり立った崖《がけ》が谷底に落ちこんでいるらしい。下のほうでかすかに響《ひび》く水音は、谷のとほうもない深さを想像させる。目的地も見えない。うしろへ退くすべもない。といって、そのまま坐《すわ》りこんでしまっても、誰も助けにはきてくれないだろう。進退きわまっても、行くしかないのだ。手で岩肌をつたいながら、半歩、また一歩とおびえつつ歩く。

『人生の目的』

4

眠りにつくとき

やさしさ、という言葉には、もうあきあきしたというのが、ぼくの本音だ。ぼくが少年のころから、慣れ親しんできたのは、人間の死、という事実である。今こうして、こんな文章を書きつづっている最中でも、心の中には人生に対する辞表のようなものを一通、いつでも差出せるように抱いているつもりだ。

いわば死を土台にして、または死を跳躍台にして生きている、そんな状態でいると言ったら恰好よすぎるだろうか。

『エコーの森をぬけて』

4

世を去るときに、自分の一生をふり返って、満足感を味わうことのできる人は、そう多くはあるまいと思う。しかし、いかに悔いの多い人生であろうとも、落ち着いて安らかに死を迎えることができた人こそ、人生の真の成功者といえるのではあるまいか。

老いや病《やまい》による肉体的な苦痛はあって当然だ。死んでいくにも大きなエネルギーが必要なのである。しかし、それでもなお自己の死をちゃんと肯定《こうてい》し、憩《いこ》いの場所へおもむく安心感にみたされて世を去ることができたなら、それは幸福な一生と言っていいだろう。

『天命』

私たちの命は、生の中に死をはらんでいる。ある細胞が生まれる一方で、静かに死を迎える細胞がある。私たちは生きていくと同時に、長い時間をかけて死んでいく存在である。

『多田富雄氏の言葉／百歳人生を生きるヒント』

4

泣きながらこの世に生まれてきた人間としては、せめて死ぬときぐらい笑いながら世を去りたいと思うのは当然のことだろう。

誕生が自己の意志でないのなら、せめて死ぬときぐらいは自分で決めたい。そう考えるのは、わがままだろうか。

年を取るにつれて体が不自由になってくるのが納得がいかない。逆に、どんどん楽になっていくのが本当ではないだろうか。これだけ必死に生きてきたのだから。

しかし年をとってくると、必ず病気になる。そして相当ながい期間、そのことで苦しまなくてはならない。

私などもふだんは気を張って、背筋をのばして歩いているけれども、実際には身体各所、ずいぶん肉体疲労が重なってきている。物忘れはひどくなるし、毎朝、起きるときには、ため息をつきながらベッドを出る始末だ。

『新・風に吹かれて』

一度は会っておきたい人もいる。

片づけておかねばならぬ仕事もある。

後事を託《たく》する人も探さねばならない。

そんなことより、もっと急がねばならないのは、部屋の整理だろう。

手紙類をシュレッダーにかける。不要な本を売りはらう。捨てるべきものが山ほどあって、その選択に悩むはずだ。

それよりも何よりも、自分の一生を静かにふり返って、一応の納得をしなければならない。

「見るべきものは、すでに見つ」と、堂々と言いきれる人は幸せだ。


『生きる事はおもしろい』

「気持ちよく死ぬ」

「希望を抱《いだ》いて死ぬ」

などということが、実際に可能だろうか。人は人生という厄介《やっかい》な時期を、さまざまに苦しみつつ生きる。そんなことは一度もなかった、人生は楽しみにみちている、と反論する人には言う言葉はない。

あなたは幸運でよかったですね、と無言でうなずくのみだ。

しかし、たぶん多くの人びとはなんらかの苦しみを背負って生きる。

その悩み多き人生の最後の幕切れが病と苦痛と絶望であるとすれば、私には納得がいかない。

『林住期』

「孤独死」ということばが、悲惨なもののように語られた時期があった。それを「孤立死」と言い替えたところで、ほとんど意味がない。「死」そのものを悪と見なす視点に立つ限り、人間はつねに孤独な存在なのだ。

「死」ということばから、目をそむける感覚から自由にならなければならない。「死」を不吉なものとしてなるべく直視しないようにする慣習から脱出しなければならない。「死」を哲学として論じた人は少くない。しかし、現在、私たちが直面しているのは、戦場での「死」よりも、はるかに無意味で悲惨な「死」の現場である。

高齢化時代とは、とりもなおさず多数の死と日常的に直面する時代である。「死」を人生の敗北と見なす感覚から、私たちは出発しなければならない。

そこを離れて、明朗な再出発の思想を確立しなければならない。

より良き「死」をなしとげた人びとを、拍手で送り、尊敬のまなざしで見ることを学ばなければならない。


『生きる事はおもしろい』

眠りにつくとき

4

一匹で群を離《はな》れて死地を探す野生の老いた動物のように、自分の死を確実に予感することができないものなのだろうか。そして、もし「天寿」というものがあるとすれば、自分の「天寿」を知ることができないものだろうか。

『運命の足音』

夜、眠りにつくときは、これで明日は目が覚めないのだ、と自分に言い聞かせながらずっと生きてきた。

そろそろ寝ようか、と思うように死を考えられる道はないものなのだろうか。

いつもつくづくそのことを思う。


『新・風に吹かれて』

5 後悔について

人間がこの地上に立っている。これを自立といいますが、自分の足で地を踏みしめて立っているかのように感じていたとしても、それは錯覚にすぎません。地球はものすごい速さで自転しています。私たち人間が遠心力《えんしんりょく》で宇宙のはてに吹っとばされずに立っていられるのは、重力という見えない大きな力が下から働いているからです。

自立を自分の力だけで立つ勇気ある人間のすがたのように思うのは、思いあがりもはなはだしい。

『人間の関係』

5

人間の行為には、後悔がつきものだ。あの時こうしていれば、と、自分を責めたり、他人を怨《うら》んだりする。

しかし、そんな選択の決断は、はたして私たちの自由意思のもとにおこなわれているのだろうか。

『生きる事はおもしろい』

私たちの人生や運命や宿命というものには、変えることのできないものがある。変えることのできないものが世の中にはある。人間が逆らうことができないものがあるとわきまえて、私たちは宿命なり運命なりを受容することが、むしろ主体的な人間の生き方ではないかというふうに思うことがあります。
人間というものは生まれてくるか、こないかさえも自分では決められない。つまり、もうその点からして私たちは非常に不自由に運命づけられていると考えていいのかもしれません。しかも、最後は死という出口から退場しなければならないように運命づけられているのです。

『自分という奇蹟』

5

たとえば世の中で立派な仕事を為し、大きな功績を社会に残した人たちの生き方を見ても、別にその人に拍手をして、必ずしも尊敬する必要はないのではないか。

その人は、人並み外れたエネルギーと、人並み外れた野心と、人並み外れた才能というものを持って生まれてきたことを、謙虚に感謝すべきであって、それ以上のことは必要ない。

むしろ逆に、競争社会で生き抜いていく、そういうファイトに欠ける優しい心の持ち主であり、あるいは誘惑に負けやすい人柄であり、あるいは欲望というものが希薄《きはく》な人であり、野心のまったくない人もいる。

こういう人たちが競争社会の激しい修羅《しゅら》の巷《ちまた》のなかで、仮に脱落したり、無名のままに平凡な一生を終えたとしても、それは本人の責任でもなければ、つまらない人生であったなどということはなにもないのではないか。

『歓ぶこと悲しむこと』

天命とは、天の命令ではない。自然に生きるというだけのことでもない。天の法則にしたがう、というようなことでもない。天命を生きる、という言いかたが、もっとも自然なように感じられます。

自分のこの体に、手にも、足にも、髪の毛にも、爪《つめ》にも、天の命が生きている。その命が尽きるとき、私たちはこの世を去る。

『天命』

6 郷愁を友に

私は過去を感傷的に語ることが好きだ。それはしょせん、人間にとって過去とは風に吹かれてヒラヒラ揺れる飾りリボンにすぎぬと覚悟を決めているからにほかならない。

『にっぽん漂流』

6

新しい情報をどんどん受け入れる柔軟な頭の持主は、物忘れがはなはだしい。逆に古いことをいつまでも憶えている人は、新しい言葉が入ってこない。まあ、例外はあっても、なにも世の中の人がぜんぶ天才になる必要はありません。物忘れするのは、自分が時代にちゃんと対応しているからだ、と考える。
人生の後半にさしかかって記憶力がおとろえたことなど、気にすることはありません。沼より、川の流れです。

『好運の条件』

久しぶりにブルー・スエードの靴を取り出して眺めているうちに、その時代の風景や出来事が、まるで映画のように蘇ってきました。プルーストの『失われた時を求めて』の場合、紅茶に浸したマドレーヌの味覚から忘れていた子ども時代の記憶が蘇りますが、まさにそんな感じです。一足の靴が、若き頃のさまざまな記憶を引き出したわけです。

『孤独のすすめ』

6

現実から目をそらし、過去を追想することは、はたして逃避だろうか。それは恥ずかしい行為だろうか。

私はそうは思わない。

現実とは、過去、現在、未来をまるごと抱《かか》えたものである。未来に思いをはせて希望をふるいおこすことと、過去をふり返って深い情感に身をゆだねることと、どちらも大したちがいはないのだ。人は今日を生き、明日を生きると同時に、昨日をも生きる。

『下山の思想』

過ぎし日の思い出は、甘美《かんび》である。その甘美さは、決してうしろ向きの感傷ではない。

人は現実生活のなかで傷つく。心が乾き、荒涼《こうりょう》たる気分をおぼえる。そのガサガサした乾いた心をうるおしてくれるのが郷愁だ。

砂に水がしみこむように、歳月が心にしみこんでくる。今は還らぬ季節。それは還らざる昨日であるからこそ、貴重《きちょう》なのである。

『下山の思想』

6

仕事、家庭、友人、虚名、税金、約束、会合、その他もろもろの重たげなものが、私の体に一杯にぶらさがり、こびりついている。人が昔からそのようにして生きてきたことは知っている。それが生活というものだということも、わかってはいる。しかし、それらのものを一挙に放り出して風の中へ駆け出したら、という憧れに似た衝動が心の深いところでピクピクうごめくのを感じるとき、私はいつも旅に出てきた。そして、それはほとんどひとりだけの旅だった。迎えられることも、送られることもない自由な旅だった。

『異国の街角で』

思い出は、積極的に語るほうがいい。最近そう感じるようになってきた。たとえ聞く側に退屈そうな顔をされたり、またその話かと、笑われたとしてもである。

鋼鉄も、人間の体も酸化していく。サビるのだ。記憶もそうだ。思いだし、正確なディテールを語ったり書いたりすることで、わずかに残る部分がある。

『下山の思想』

7 老いと寄り添う

この一週間を振り返っても、いろいろなことがあり、まさかの連続です。一カ月前、半年前を考えると、その感はより深くなります。

そして一年前というと、いま目の前にあるのは、たしかに同じ風景なのだけれど、自分がどんな気持ちで、どんな体調でその風景を見ていたのか、わかりません。まるで別人のような感覚さえ覚えます。

『百歳人生を生きるヒント』

老化と戦う、というのは、どこか無理があるような気がするのだ。人間に共通な自然のいとなみには、それなりの理由があるのではないか。

生《しょう》・老《ろう》・病《びょう》・死《し》、ともにそれと戦って、それを征服し、それに打ち勝つというわけにはいかない。そもそも戦うという姿勢には、断乎《だんこ》たる拒否の精神と、さらに敵への憎しみが不可欠だ。

病んでいるのは、病んでいる自己の一部であり、老いてゆくのはまさしく老化する自己なのである。

老いを拒絶する、病気を憎む、ということは、とりもなおさず自己を否定することではないのか。

7

『風の幻郷へ』

目下の私の悩みの一つは、毎日、何度となく老眼鏡がどこかに消えることだ。ときには何時間も部屋中ひっくり返して探すこともある。これほど電子機器が発達した時代なのだから、何かボタンひとつ押せば光が点滅するとか、音が鳴るとか、行方不明になった老眼鏡が一発でみつかるような工夫はないものだろうか。

ときには頭にのせたままの老眼鏡が鳴って、苦笑させられることもあるだろう。しかし、同じ悩みを抱えている何百万人もの高齢者が世界にいるだろうことを、私は疑わない。

『とらわれない』

初夏には、さわやかな香りを放っていた緑の葉っぱが、夏の盛りには、生命力あふれる強烈な匂《にお》いを放出する。そして晩秋になると、葉を落とし、地上ですえた腐臭を放つようになる。

人間の肉体も同じで、年を経るごとに朽《く》ちていくものなんです。加齢臭《かれいしゅう》や顔のしみやしわは、いくらアンチエイジングの手法を駆使《くし》したところで、防ぎきれるものではありません。

残酷《ざんこく》ですが、年を取ることは、汚くなることでもある。

『百歳人生を生きるヒント』

7

ふだんなんでもない階段が、大変な苦痛です。手すりに片手でもたれながら、一歩ずつ階段をあがる。階段を降りるのも、またひと苦労です。車椅子利用者などのためのスロープが、これほどありがたく感じられたことはありませんでした。

そんな日々がつづくなかで、歩く、という、なんでもないことが、じつは本当にすごいことなんだ、と、しみじみ感じられてきたのです。そうなると、日常のすべての動作から会話まで、あらゆることが奇蹟《きせき》のように思われてきました。

『人間の関係』

私たちは、このなんとも貧弱な肉体、たちまちのうちに老い衰えてゆく肉体とつきあって、ながく共生しなければならない。どのように資産を形成しようと、大きな権力を握ろうと、優れた知性を身につけようと、私たちは生涯、この貧弱な肉体と共に生きるのだ。
そう思うと、鏡に映った見苦しい自分の姿が、無二の友のように思われてくるから不思議である。

『退屈のすすめ』

先日からふっと訪れてきて、なかなか立ち去ろうとしないのが、こんな歌でした。

〽これも老《お》い　あれも老い
　たぶん老い　きっと老い

これを『愛の水中花』のメロディーにのせて歌うと、まことにぴったりくるから笑えます。「ア」と「オ」の一字ちがいですが、老残《ろうざん》、などという言葉と対照的な軽さが、すこぶるいい。

老い、という表現には、どこかに苦さがあります。背中を丸めてとぼとぼ歩くような、そんなイメージです。しかし、この歌のメロディーにのせて口遊《くちずさ》んでいると、気持ちが楽になってくるところがある。

7

まず、自分の衰えや疲れを率直に認めること。そうすれば、生きていくうえで必要な神経をさらに研ぎ澄ますことも、可能になるのではないか。「諦める」ことに徹しよう、と心に決めた時期から、私の後半戦ははじまったのです。

『孤独のすすめ』

若さにはたとえようもない魅力がある。若さを失っていくことの哀しみもある。だけど、老いることは若さを失うこととはイコールではない。

『百の旅　千の旅』

8　身体の声

いかに呑気《のんき》に見えても、屈折のない人間などというものはいない。本人が意識しようとしまいと、個人の魂にはすべて複雑な陰翳にとんだ体験の反映がきざまれている。

『午後の自画像』

8

もしあなたに、次々と不運が襲ってきたら、無理にそれに対抗しないことをお勧めします。むしろそれを柔らかく引き受け、そして居直ってください。居直るということは覚悟を決めたということです。

『ただ生きていく、それだけで素晴らしい』

私たちが感じるふとしたうつの気配《けはい》は、人間としての裸《はだか》の真実に触れた瞬間のおびえのようなものかもしれない。それは不気味な感覚でもあり、不可解《ふかかい》な存在でもあるのだ。それこそがうつの正体である。そして、それは人間にとって重要な瞬間なのだ。

『林住期』

8

日常感覚はだまされやすいものである。現象の上っ面《うわつら》だけを眺めて判断することで、物ごとの真の実体を見あやまることがあるからだ。

ぼく自身も、そういう例がしばしばあった。しかし、体の内側からの声なき声を聞き過ごすことにくらべると、肌で感じた現実感の失敗なんぞ何でもないように思われる。

『百の旅　千の旅』

物理的に証明できないことを直感として感じることは、決して迷信ではない。
きこえない体の言葉、見えないこころの信号を謙虚《けんきょ》にうけとめることもまた、
迷信ではない。

『元気』

8

私たちは人生の不条理というものをひしひしとこの体で感じ、皮膚で感じ、胃で感じ、心臓で感じている筈なのです。

そして、時々えもいわれぬ物思いにふけることがある。

それは頭で哲学をしているということではなく、体が哲学を感じているという瞬間で、それは人間にとって大事な瞬間だろうと思います。

他の生物と人間がちょっと違うとしたなら、それは自己省察をする生物だからだと、ある哲学者が言いました。

そのことばを信ずるならば、我々は頭で自己省察をしなくても、人生とはいったいどういうものなのかということを、体で感じている筈なのです。

『歓ぶこと悲しむこと』

私たちはふだんあまり物事をつきつめて考えることなく暮らしている。くよくよ考え始めたら一歩も前に進めない、ということもたしかだ。

しかし、頭でそれを考えずとも、人間の体は正直に、敏感に物事の本質を感じとっている。人間はいずれ死ぬものであり、他者を犠牲《ぎせい》にして生きのびるものだと感じている。この私たちの一瞬一瞬が死への休みない旅であることも感じている。

そんな生命の実体を、私たちはあまり直視しようとはしない。自分はいつまでも生きるつもりでいるのだ。


『林住期』

8

人間というのは、どんな人間でも心のなかに、えもいわれぬ鬱屈《うっくつ》とか、あるいは憂鬱《ゆううつ》な気持ち、暗い気持ちというものをかならず持っているものなのです。持っているけれども、それを表に出しにくい時代である。

そして、みんなは仮面をかぶって、おたがいに自分のなかになんとも言えない憂鬱なもの、寂しいもの、悲しいものがあるということを見せずにつきあっている。

自分以外の人たちはみんな明るくて元気がよく、私のような気持ちを抱いているとは少しも思えない。

『朝顔は闇の底に咲く』

自分の内なる声、からだの深いところからかすかにきこえてくる「そのまま生きよ。死ぬときは死ぬ」というひそかな声。

『こころ・と・からだ』

9　時代の振り子

夜半、ふと目覚めて遠くに馬の駆ける蹄《ひづめ》の音のような音を聞くことがある。自分の心臓の音かも知れないし、幻聴かも知れない。だが、私にはそれが私の記憶からよみがえってこようとしているあの時代の重苦しい足音のような気がしてならないのだ。

『地図のない旅』

9

不安とは、空間のなかで定点が見つからない恐怖である、と、パスカルはどこかで書いていた。自分が何者であるか、というさけることのできない問いを、ぼくたちは意識しないで生きてきた。それが敗戦後の世界だったように思う。食うこと、家族を食わせること、必死で働くこと、生き抜くこと、そんななかで根元的な疑問は、疑問として意識することなく日々の暮しの中で実現されてきたのだ。

『百の旅　千の旅』

近ごろ言われるデフレ、インフレというのは傾向にすぎない。本物のインフレを戦後に育った平成人はご存じあるまい。

ドイツにヒトラーが出る下地は、インフレと失業にあった。リヤカーいっぱいに札束を積んで出かけて卵三つ買えたという時代があったのだ。

ぼくはソ連崩壊後のロシアのインフレを体験したことがある。一九六五年にモスクワに行ったときは一ルーブル四百円だった。ブラジルのインフレは、つい先ごろのことだ。

通貨が紙くずになる、モノの値段が百倍、千倍になる、そんな事態がじつは五十年に一度ずつくらいはおとずれてくるのだということを実感として体でおぼえている世代としては、銀行がつぶれるくらいのことでは驚かない。国がつぶれる体験をしたのだから。

『百の旅　千の旅』

逃れることの出来る時代は、もうすでに過ぎてしまった、という感じもある。われわれはもう、どこへも逃れることはできないのかもしれない。自分で自分の生活を選ぶことのできる立場の人間は、そう多くはあるまい。しかし、どこへ逃れても、逃れることのできない影が今の私たちにはまつわりついている。空気の澄んだ場所は、まだ日本のどこかにあるはずだ。しかし、自分ひとりそこに住むことで、果して肺は平静に幸福な呼吸を保ちつづけるであろうか。

『ゴキブリの歌』

終ってしまったことなど、本当のところは何もわからない。それが真実なのである。

この国の近代化の過程について、さまざまに語られている。しかし、歴史とは証拠を示して解決するようなものではない。

偶然もある。気まぐれもある。狂気もあれば、冗談もある。

『生きる事はおもしろい』

9

真実は一つ、という思想には、やはりぼくの苦手な純粋さを尊ぶ感受性が背景としてあるようだ。

あれも正しい、だがまたこれも正しい、というのが、ぼくらの生きている現実というものなのである。

時間と空間の変化と共に、真実はいつも揺れ動く。真実はスイングすると言ってもよい。その振子のように揺れ動く真実だからこそ、真実に意味があるのだ。銅像のように固定した真実など、死んだ真実だ。そんなものに用はない、と考えてみると、急に自分が自由になったような気がしてくる。


『エコーの森をぬけて』

ときには、この世は平和で希望に満ちて明るいのだと感じる。人間は信頼すべきものだと思ったりする。生きていることはいいなと感謝さえする。そしてしばらくするとまったく逆の感じでがっかりする。しょせん人間なんて、とか、人生ってなんてひどいものだろう、とか、結局はそうなんだな、とか感じる。これのくり返しで生きている人もいれば、また、一日のうちにすらその両方を交互に感じつつ暮らしている人もいます。じつはぼく自身も今日まで長いあいだ、そのふたつの考え方のあいだを、ころがるラグビーボールのように不規則に揺れ動きながら生きてきました。

『こころ・と・からだ』

9

今の自分を生きさせているのは何だろうと思う。どう考えてみても、それは明日への希望や、未来への確信ではない。むしろ逆に明日への不信であり、現実に対する危機感のようなものなのだ。

何か面倒なことや、エネルギーを要する行為へふみ切る際、そのバネになるものは、私の場合、まちがいなくそんな具合のものなのである。今日に続いて、明日も、さらに明後日も、そして更にもっと長い日月がこのまま永続するだろうという実感があれば、私はおそらく気力を失って何ひとつ出来ないのではないかと思う。

『エコーの森をぬけて』

人間などというものは、常にあちこちで馬鹿にされたり、不当に扱われたりして、しょっちゅう歯をキリキリ鳴らしているくらいがいいのかもしれない。たとえば外国で日本人であることで腹立たしい目に会うことがなくなったとしたら、いや現にかなりの程度に少なくなってきたが、そうなるとこれはもう駄目な人種になってしまうことはわかっている。
　星条旗をバックにして、どこでも大らかな調子で歩き回っているアメリカ人の不幸というものも、またあるのである。

『人間へのラブ・コール』

9

武士の誇りのために死ぬ時代もあった。国家のために命をささげる時代もあった。

しかし、人は何かのために死ぬのではない。自分の「生」を完結させるために、より良き死を求めるのがいまなのである。

『生きる事はおもしろい』

ひとりひとりの人間には、それぞれの生活がある。考え方も、生き方もちがう。体質もちがえば、立場もことなる。それを標準化することなど、そもそも無理なのだ。しかし、標準化、単純化しなくては、理論化も、処方もできない。普遍化することで、世の中はなんとかやっていけるのである。
人は状況の生きものである。そして、その状況は、日々刻々と変化して、やむところがない。

『とらわれない』

9

われわれはやっと、個人の生き方ではなくて、個人の死に方、逝き方というものを真剣に考えるべきときにようやく差し掛かったのではないか。

『余命』

10 願いごと

予感通りに失敗しても、あまりショックをうけたりはしない。まあ、そういうもんだろう、と納得する。万が一、うまくいったときは、心の中で両手を合わせて感謝する。こんなことがありうるのだろうか、と本気でよろこぶ。

マイナス思考のいいところは、あまり失望、落胆しないことだ。計画は十中八、九どころか、九割五分ぐらいはうまくいかない。むしろ願いごとは、ほとんど外れる。

『とらわれない』

10

物事《ものごと》は綜合的だ。いくつもの道が交叉して目的地へ達する。世の中には一芸に打ちこんで名人上手とうたわれる人もいるが、よくみると結構いろんなことを手抜かりなくやっていらっしゃることに気づく。

「あれか、これか」

では成功はおぼつかない。

「あれも、これも」

というのが、現実というものだろう。

『とらわれない』

勝者があれば、必ず敗者が存在する。〈自己責任〉という言葉は、そういう現実を〈自力〉で勝ちぬけと言っているのです。

しかし、その競争に勝った人間が勝ち誇り、敗れた人々が絶望と自己嫌悪の深い淵《ふち》に沈んでいくような社会を、私は好ましいとは思いません。

私たちは見えない明日に、心の底でおびえている。不安を感じ、やり場のない嫌悪感にみたされ、少年や少女たちから高齢者までもが、それぞれに強い焦《しょう》燥《そう》感を抱いて生きている。

そういう時代に、私たちは何を心の支えとして生きていけばよいのか。

いまこそ〈他力〉という奇妙な力に、ひょっとするとひとつの活路が見出せるのではないか、と私は強く感じているのです。

すべてが自分の責任というわけではない。目に見えない大きな力が私たちを生かし、なかなかやる気さえ起こさせてくれないときもあれば、また思いがけない勇気とファイトをもたらしてくれるときもある。

『他力』

願いごと

10

私たちが選ぶもっとも自然な道は、あたえられた運命と宿命を、人生の出発点として素直に受け入れることだろう。〈受容する〉と表現してもよい。受容することは、敗れることではない。絶望することでも、押しつけられることでもない。運命を大きな河の流れ、そして宿命をその流れに浮かぶ自分の船として、みずから認めることである。そこから出発するしかないのだ。

呪《のろ》うしかない宿命というのも、たしかにある。しかし、ライ麦がバラの木でないことを口惜しがったとしても、どうなるというのか。縞馬《しまうま》は縞馬、蛙《かえる》は蛙として生きるしかないのだ。

『人生の目的』

必ずしも努力しなかった者だけが世の中からはみだし、沈んでゆくのではない。〈運命〉と〈宿命〉の交錯《こうさく》するなかで、人間は浮きつ沈みつ流れてゆくのだ。自己を信じて努力する者が成功する、反対に努力しなかった者が失敗する、それは世間の考えかただ。信仰というのはそうではない。善をなさんとして悪をなし、悪をなさんとして善をなすことも、人間にはある。私たちはすべてそのように、思うにまかせぬ〈業縁《ごうえん》〉とともに生きる。

『人生の目的』

11

臆せず悲しめ

他人の苦しみを全部、自分がかわって引き受けることなどできない。本当に絶望している人間に言葉ひとつで希望を与えることなどはできない。こういう人間の無力さというものを知った上で、それでも黙っていられない、だからといってその人のそばを離れていくには忍びない、そういうときは、ぼくたちはただうなだれて深く大きなため息をつくだけです。そばにいて無言で涙を流している。こういう感情を「悲」と言うのだろうと思います。「悲」という感情こそ、今この近代社会のなかで無意識のうちにみんなが求めている感情だろうと考えることがあります。

『夜明けを待ちながら』

11

ぼくたちは今、あらためて大事なものをもう一度、ちゃんと見定める必要がありはしまいか。泣くということもその泣きかたによっては人間にとって非常に有効な役割を果たすのかもしれない。悲しみを知るということによって、逆に人間が生きていく上での喜びというものをつかみ取ることができるのかもしれないのです。

『夜明けを待ちながら』

冷静にふり返ってみればみるほど、人間の世界には、まっ黒い巨大な淵がぽっかりと不気味《ぶきみ》な口をあけています。

そこをのぞきこむことの不快さに、私たちは目をそらし、できるだけかろやかに明るく生きてゆこうとする。しかし実際には、そういう努力は、ほんの一時のなぐさめにすらならないのではないか、と考えることがあります。

私たちは、いつの間にか悲しむことを忘れ、暗さに沈潜《ちんせん》することを嫌い、そして涙を流すこと、感傷的になること、哀愁を感じることを軽蔑するようになってきたのではないでしょうか。

「ユーモアの源泉は、哀愁である」

と、マーク・トウェインが言うとき、その声の背後には深い苦渋《くじゅう》がかくされています。

私たちはもっと素直に、心の中の切なさ、悲しみ、または苦しみを、はっきりと口に出して表現したほうがいいのではないでしょうか。

『生きるヒント』

11

人が感じる孤独や、苦痛は、それが自分だけのものであると思えることで二倍も三倍にも大きくなります。孤立感が苦しみを倍加させるのです。

そして、これ以上元気そうにつくり笑顔で生きていくことができないと感じたときに、ひとびとはふっと死に誘われるのではないのか。

『生きるヒント』

そりゃあ、人生はひどいもんさ。何とも言えずひどいもんだが、でも、それだからといって、自分でそれを投げ出してしまうほどひどくはないね。

『ゴーリキーの言葉／こころ・と・からだ』

12

浄土は地上に

死ねば浄土に迎えられると信じてはいても、実際にあの世から帰ってきた人はいない。ブッダも死後の世界に関しては、答えることをしなかった。「無記」という表現が、そのことを示している。

なぜ答えなかったのか。ブッダは空想で物事を語ることをしなかった。自分が体験して、おのれ自身がはっきりと証明できることしか人に説かなかった。

『新老人の思想』

スコットランドのゴルフ場で聞いた話に、こういうのがあった。

死ぬのは怖くないが、天国にいけばゴルフができなくなるんじゃないかと、それだけが心配な男がいた。で、神父さんに、

「あっちへいくとゴルフができなくなりますよね」

と、おそるおそるたずねた。神父さんは首をかしげて、

「じゃあ、天国のほうに問いあわせてみましょうか」

「お願いします。ゴルフ場があるかどうかだけでも――」

神父さん、目をとじて祈ったあとに、心配ありませんよ、と優しくほおえんだ。

「よかったですね。天国にもゴルフ場はあるそうですよ。ちなみにあさっての金曜日、あなたの名前で予約が入っているそうですが」

この話をきいて年寄りには笑わない人が多い。


『新・風に吹かれて』

人は海から生まれて、海へ還る。

日本には、死んだ命は山に還る、という考えかたがある。しかし私は海のほうがいい。

山は父のふるさと。

海は母のふるさと。

父のところへ帰るのは、ちょっと照れくさいところがある。

「おう、きたか」

「うん」

そう言ったあと、会話がとぎれてしまいそうな気がするのである。母親だとそうではない。

「あら、やっときたのね。むこうはどうだった？」

などと話がはずみそうだ。


『新・風に吹かれて』

12

すぐれた小説家で、俳人でもあった結城昌治《ゆうきしょうじ》さんが、麻雀《マージャン》の席で笑いながら言っていたことを思いだす。

「おれは坊さんは呼ぶな、読経《どきょう》はもちろんいらん、と言い残すつもりだが、それでもきっとお経はあげられるんだろうなあ。そういうものなんだよ」

結城さんの葬儀の日、読経の流れるなかで、「そういうものなんだよ」という声がきこえたような気がした。

私もまた自分の死後、葬式だの、お別れの会だのといった儀式は、してほしくないと思っている種族である。できれば遺体をそのまま海に流して、魚の餌にしてもらいたいのだが、そうもいくまい。

しかし、あっさり火葬にして、灰を海に流すことぐらいは現実にできるのではあるまいか。

海は日本海がいい。

『新・風に吹かれて』

私は、自分が死んだあとも霊として残るとか、そういう感じよりは、消滅することのほうに希望を覚えます。自己嫌悪とかそういうものが強いからかもしれません。自分というものが何か大きなものの中に溶けていく。包まれる。それに対して憧れがあります。海の中に抱かれて、消えていくことに。

『玄冬の門』

12

浄土教の考え方からすると、阿弥陀仏を信じて念仏をもつ人は、亡くなったときに往生決定して、それで浄土に迎えられる。それで終わりではなくて、浄土というのは、自分で仏になるために思うがままに勉強ができる場所です。邪魔のない場所ということで、花が咲き、鳥が歌う極楽とは違います。

その浄土でもって、凡人、凡夫が仏となって、再び、親鸞に言わせると往還《おうげん》といいますが、往相還相《おうそうげんそう》ともいいますが、また地上へ戻ってくるという考え方です。しかし私は、もう地上へ戻ってくるのはまっぴらなのですよ。

『玄冬の門』

「生命を全《まつと》うして帰ってきたわれわれすべては、その事を知っており、次のように安じて言いうるのである。すなわち最もよき人々は帰ってこなかった」

『フランクルの言葉（霧山徳爾訳）／天命』

13

光さす場所

明るさと暗さ、笑いと涙、あるいは悲しみと喜び、こういうものは、たとえば男と女、父と母、昼と夜、そのどちらが大事かとは言えないように、背中合わせに重なっていて、片方を知る人間こそが片方を知る。夜の闇の暗さや濃さを知っている人間だけが、朝の光や暁の光を見て、朝が来たと感動できるのではないか。あるいは、日中の激しい炎天のなかで生きつづけてきた人間だけが、黄昏《たそがれ》がおりてきて、やさしい夜が訪れてくることの喜びを知ることができるのではないか。

『夜明けを待ちながら』

13

美しい人間、美しい魂からしか、美しい音楽は生まれない、と信じたいのですけれども、音楽というもの、歌というもの、そのなかにはひょっとしたら不思議な悪魔がひそんでいて、必ずしもそうではないのかもしれない。汚れた手から美しい音楽が紡《つむ》ぎだされることもある。そういう残酷な真実みたいなものが歌の背後にもひそんでいるのだな、と、ときどき考えることがあります。

『大河の一滴』

近代科学を信じる人たちは、死んだ後は肉体も精神も何も存在しないと考えるようですが、頭の中の理性的なそういう考えだけで、人は心を安らかに保ったままで、死に向かい合えるとは思いません。死に対しては、死というものの形や姿を見つけるために、イリュージョン（幻想）というものを持つ必要があるのです。そこから宗教というのが出てくるのだと思います。

『余命』

13

朝顔は、夜の闇のなかに咲くのです。

人間も希望という大輪の花を咲かせるのは、かならずしも光の真っただなかでも、暖かい温度のなかでもなかろう。冷たい夜と、濃い闇のなかに私たちは朝、大輪の花という希望を咲かせる。夜の闇こそ、花が咲くための大事な時間なのだ、と、私はそう考えました。

いまの時代というのは、まさにそういう時代かもしれません。

そして私たちは、日々溜め息をつき、この時代の闇のなかに生きている。その自分の行き先を模索しながら、なんとも言えない時間を過ごしています。しかし、この時間にこそ、ひょっとしたら本当の意味での希望というものがどこからか訪れてくるのを、深い所で、人間の命の時計は感じているのではないか。


『朝顔は闇の底に』

私たちはすべて一定、地獄の住人であると思っていいだろう。死や、病への不安。差別する自己と差別される痛み。怒りと嫉妬《しっと》。

しかし、宗教とは地獄にさす光である、と親鸞は考える。苦しむ魂を救うためにこそ信仰はあるのだ。それゆえに地獄に生きる者すべてはおのずから浄土に還る。日々の暮らしのなかでも、一瞬、そのことがたしかに信じられる瞬間がある。それが極楽である。しかし極楽の時間だけが長くつづくことは、ほとんどない。一瞬ののちには極楽の感動は消え、ふたたび地獄の岩肌がたちあらわれる。

現実に生きるとは、そのような地獄と極楽の二つの世界を絶えず往還（ゆきき）しながら暮らすことだ。

『大河の一滴』

「光明《こうみょう》」ということばがあります。

光明というのは、ただの光ではありません。そこに感動があります。そして一筋の光明に体を震わせて歓喜する、人間の感激というものがあります。

しかし、私たちは二十四時間、人工光線を点《つ》けっぱなしの温室のような場所にずっといたとすれば、そこに差しこんできた光を、感動とともに味わうことができるでしょうか。

私たちが光の存在に心を震わせ、感動するのは、むしろ暗い世界に私たちがいて、そしてその影の存在によって、光というものに光明を感じるからです。

真っ暗ななかで光を求めてあがいている。そこにどこからか一筋の光が差しこんできた。

その時、私たちはそれを光明と感じ、体を震わせながら、その光に感動するのでしょう。

西の空に沈んでいく夕日、あるいは冬空に風に吹かれて揺れている枯れ木の枝、夜中に遠くから聞こえてくるアコーディオンの月並みなメロディ、そういうことを全部ひっくるめて、ぼくたちは、砂のなかに張りめぐらされた根からエネルギーを吸収しながら、この命を支えてきている。

こんなふうに考えますと、これほど繊細で、これほど気の遠くなるような努力と気の遠くなるようなさまざまの奇蹟的なことによって、今日一日生きているのだと感じます。

その命のけなげさというものを思うとき、自分を尊敬する、というのもおかしいですけれども、感動しないではいられません。

『夜明けを待ちながら』

私たちは地獄をぬけて浄土へ移るのではない。「地獄は一定《いちじょう》」である。しかし、光のさす地獄は、すでに真の地獄とはちがう。私が夢見るのは、光にみちた輝かしい浄土ではない。地獄のなかにあって、かすかに光をはなつ浄土こそが本当の浄土のように思われるのだ。

『運命の足音』

13

わかったな、フレッチ。きみの目が教えてくれることを信じてはいかんぞ。目に見えるものは、みんな偽ものなんだ。きみの心の目で見るのだ。すでに自分が知っているものを探すのだ。そうすればいかに飛ぶかが発見できるだろう。

『かもめのジョナサン』

14

言葉はうたう

自分の言葉を持つこと。
そしてその言葉を自由に発すること。
人間が生きているということの根のところには、それがある。自分の言葉を
自由に語っている間だけが、生きている時間なのだ。

『エコーの森をぬけて』

14

自分の自慢話をまくしたてるだけで、ほとんど相手の言葉を聞こうとしないようなタイプの人も、時どきみかける。だが、そういう人は、友達とのつきあいの中から、いつの間にか遠ざけられてしまい、また別なグループへ近づいて行く。本当の意味でよく喋る人は、また他人の話を聞くことも好きな人びとだ。

死へ向かって歩いてゆくわずか数十年の人生、その人生の中で、どうして沈黙だけが金であり得るものか。黙っているほうが利口《りこう》だ、というのは処世術の中での、責任をしょいこまぬための初歩的な教えにすぎない。

『エコーの森をぬけて』

言葉というものは声をともなっている。声はリズムをともなっている。リズムと同時に息づかいももっている。ひとりひとり、みんなちがう。活字というのは大体普遍的なものです。それに対して人間の声とか喋りかたというのは、たったひとりのものです。

私たちは、文字という普遍的なもの、言語という抽象的なものを通じても、なにがしかの真実、あるいは信仰というものに触れることもでき、また、そこからは得られないものを人間の肉声を通じて、あたたかみのあるその人の眼差しを通じて、あるいは息づかいを通じて学ぶことができ、その両方を大切にしなければいけない、と思います。

『大河の一滴』

14

かつて二千数百年前、ゴータマ（釈迦）という人物の教えは、一定のリズムをもった詩として世に広まり、後に伝えられた。それが文字によって再構成され、経典として成立するのは、ゴータマが死んでかなりたってからである。

言葉のリズム。

これは永遠に不変の力をもっている。私たちは無意識にその力に身をゆだねているのだ。


『生きる事はおもしろい』

老いも若きも、男も女も、声をあわせて和讃をうたう。その合唱の中に、いきいきとよみがえる本来の仏教をきく。

私たち日本人は、戦争の時代に論理によって忠君愛国の精神を鼓舞されたのではない。明治以来、数々の愛国歌によって滅私奉公の心をつちかわれたのだ。

中国の寺の門前で、なにやら口ずさみながら逍遥《しょうよう》している若い修行僧をみかけたことがある。鼻歌でもうたっているのかと思っていたのだが、後でそれが唱《しょう》導《どう》歌《か》とよばれる大事な歌だと教えられた。

修行といえば荒行ばかりを連想するが、そうではない。歌をうたいながら歩き回るのも、大事な修行なのである。

歌と、詩と、音楽との三つを忘れた仏教は、正しい仏教ではない。文字に書かれた文章は、うたうことばを伝えるための道具である。

経はあげてもらうものではない。声にだして全員がうたうべきものなのだ。

『生きる事はおもしろい』

15

いまの一大事

ブッダは、「この世界は苦である」と語った。それを私は、

「世の中は思うようにはならない」

と、聞いた。思うようにならない世の中に、私たちはどう生きればよいのか。

はたして生きるすべはあるのか。生きる意味はあるのか。

ブッダは「ある」と言う。


『林住期』

朝日の昇るのを見て、おのずとそこで柏手を打つ、そういう漁師がいたとしてもなんの不思議もないし、夕日の沈むのを見てクワをおろして、それに対して合掌《がっしょう》するという、そういう農夫がいてどこがおかしいのか。われわれはそうした自分を超えたものに対して持っている感謝、あるいは畏敬《いけい》の念というものを、ますます大事にしていかなければならないのではないでしょうか。

『天命』

仏教の世界で〈後生《ごしょう》の一大事〉という言葉が使われることがあります。〈後生の一大事〉というのは、非常に重要なこと、という意味で、一般には、人間の命が終わったときのこと、というふうに考えられるのですが、ぼくは後生も、未生《みしょう》も、現生《げんしょう》も、つまり現生というのは現在の生、未生というのは未《いま》だ生ならざる生、未来のことですが、そういう生もみんな一緒に、この〈いま〉という言葉のなかに集約されているのではないか、という気がして仕方がありません。

きのうも、あすも、みんな〈きょう〉(いま)という言葉のなかにふくまれているのではないか。〈後生の一大事〉というのは〈いまの一大事〉ということであり、たとえば、死後のことを考えるというのは、いま生きていることを考えるというのと同じなのではないか。自分が生まれる前のことを考えるということも結局は、いまのことを考える。そこへつながっていくのではないか。

『大河の一滴』

15

親鸞が指す「悪人」というのは、普通一般の「悪いやつ」を意味しているのでないことは当然である。おのれの「悪」に気付き、そのことを痛いほど思い悩み、それでもなお「悪」をなさざるをえない俗世間の人間、そしてさらに、そのことを深く恥じ、「悪人」とおのれを自覚して自己を鞭うちつつ仏に救いを求める者のことなのだから、むしろそれは世間一般の「善人」よりももっと良心的な人間のことだろう。いうなれば『歎異抄《たんにしょう》』の「善人」とは「自称善人」「偽善者」「善人づらをした愚か者」「思いあがった人間」のことと考えてよい。

『旅のヒント』

「善人」というのは「悲しい」と思ってない人です。お布施《ふせ》をし、立派なおこないをしていると言って胸を張っている人たちです。自信に満ちた人。自分の生きている価値になんの疑いも持たない人。自分はこれだけいいことをしているのだから、死後はかならず浄土へ往《ゆ》けると確信し、安心している人。

親鸞が言っている悪人というのは、悪人であることの悲しみをこころのなかにたたえた人のことなのです。悪人として威張《いば》っている人ではありません。

『天命』

浄土は極楽ではない。地獄・極楽とは人が生きている日々の世界そのもののことだろう。「地獄は一定」という『歎異抄』の中に出てくる有名な言葉を、死んだらまちがいなく地獄へ堕《お》ちるこの身、という読みとりかたを私はしたくない。

「一定」とは、いま、たしかにここにある現実のこと、と読む。

我欲に迷い、人や自然を傷つけ、嘘《うそ》を重ね、執着《しゅうじゃく》深きおのれであるがゆえに、死んだあとの地獄行きを恐れているのではない。

救いがたい愚かな自己。欲望と執着を断つことのできぬ自分。その怪物のような妄執《もうしゅう》にさいなまれつつ生きるいま現在の日々。それを、地獄という。

『大河の一滴』

往生というものは、死んだときだけに限りません。人が回心《かいしん》をして、この世に阿弥陀如来はいるのだという確信を覚えて、自分がその光彩陸離《こうさいりくり》たる信心の世界に入ったときに、人はその場で、その瞬間に、往生できるのです。生きていても往生はできるわけです。臨終の前でも往生はある、と考えるのです。
一方、成仏というのは、肉体的な死のことをいうようです。死んだあとに浄土に行って、そこで仏となるという意味ですから、往生と成仏は分けて考えなければならないのです。

『余命』

神の恩寵《おんちょう》も、仏の慈悲も、個人の善行や修行とは関係ない、と、はっきり自覚するところから信仰がはじまる。本当の信仰を得て、敬虔《けいけん》な生活に入ると、人生の苦しみがなくなるのだろうか。信心を得た人は、常に心やすらかでいられるのだろうか。

ノーである。どれほど深い信仰を得ようと、人生の苦悩はつきない。生きている限り生老病死の影は私たちにさしつづける。では、何が変わるのか。たぶん、苦しみつつも、それに耐えていくことができる、ということだろうか。断定的な言いかたをしないのは、真実の信仰を得たとしても、人は生きる力を失うこともあると思うからだ。それは「わがはからいにあらず」と受けとめるしかない。

15

『人生の目的』

私たちは目をつぶって暮らしているわけである。
宗教というのは、目をつぶって生きていることに、ときどき目を開かせてくれるようなものだろうと思う。だからこそ、できないことを言うのである。

『孤独の力』

15

新緑が初夏の日に輝き、娘らの胸に「夏きたる」感を覚える。空港は人びとの群れで埋めつくされ、コンサートに歓声が沸き返る。「人間の悲惨」は、ほとんど社会の表面には浮かびあがってこない。

「一期《いちご》は夢よ　ただ狂え」

と、すべてを忘れて疾走《しっそう》するか。ブッダは末期《まつご》の目に映《えい》じた景色を、

「世界は美しい」

と、言ったという。

『天命』

先ほどまでは闇のなかで恐怖におびえ、足がすくんで動けなかったのが、いまは、この道を行けばいいのだという安心感と、あそこまで行けばいいのだという目的地の道筋に励《はげ》まされて、歩いていくことができる。

『天命』

16

病も一部

病気というものは、基本的に完全に治るものではないし、逆に突然発生するものでもないと、ぼくは考えています。
仏教の立場では、人間の生命のなかには最初から、四《し》百《ひやく》四《し》病《びょう》の病いが内包されていると考えられています。病気というものは、無から出てくるわけではない。人が生まれたときから抱えてきたものが、その人のからだの状況や、周囲の変化のなかで、出たり引っ込んだりする、と考えるわけです。死ぬまで病気が出なかった人は、とてもラッキーだっただけで、その人に病気がないかというと、実際は内にたくさんの病気をもっていたのかもしれない。

『こころ・と・からだ』

禅宗のお坊さんに言わせますと、人間というのは「四百四病の巣」なのだと。つまり、人間は健康な体で生まれてきて、それが公害とか世の中の無理を重ねて少しずつ悪くなり、そして老化が進んで成人病が出てくる、というわけではないのだ、という。人間というのは最初から病気の巣なのだ。病気を抱えて生まれてくるのだ。そのなかの最大の病気が「死」という病気であって、「人間は死のキャリアである」という考えはそこから出てくるわけです。

『夜明けを待ちながら』

人間というのはひとりひとり全部違います。「天上天下《てんじょうてんげ》、唯我独尊《ゆいがどくそん》」という言葉をぼくは、人間はひとりひとり全部違うというふうに解釈しているのです。ひとりひとり違う人間に普遍的な真理をあてはめて治療するというのが、そもそも無理なのです。ひとりひとり違う自分というものをようくつかまえて、自分というものがいったいどういう存在なのか、ということを、時間をかけて、十年でも二十年でもかけて本当の自分探しをする。そして自分の体の発している言葉が理解できるようになる。これはやはりやる必要がある、というふうに思います。

『夜明けを待ちながら』

16

人は必ずしも不摂生《ふせっせい》で死ぬのではない。健康を気づかい、規則正しい生活を送っている者が、絶対に長生きするともいえない。もちろん、合理的な考えかたからすると、世間でいう正しい生活を大事にしている人のほうが、乱暴に暮らしている人よりながく生きるだろうと思われる。

だが、人生は確率では計れないものなのだ。平均とか、統計とかいった物差しは、実人生《じつじんせい》では、ほとんど役に立たないものなのである。そのことを私は、外地で敗戦をむかえてから今日までの日々の暮らしのなかで、いやというほど実感してきた。

『運命の足音』

人の余命など誰にもわかるはずがない。それは神のみぞ知ることではないか。医学的な根拠にもとづこうがどうだろうが、人の余命を計ることなどできはしない。そういうことを口にするするのは、畏《おそ》れを知らぬ傲慢《ごうまん》な人間である。

医師が病人の余命を知ることができるだろうか。一般に現代の医師たちは、できると考えているようだ。それがとんでもない思いあがりだと気づいていないところに、現代医療への広く深い不信の根がある。

人が病《や》むということは、身体《からだ》と心の両方で病むのである。余命も身体と心の両方できまるのだ。そんなことは当たり前すぎるくらいに当たり前のことだろう。


『新・風に吹かれて』

私たちは命と対決するだけではなく、対話する智恵もまた必要なのだ。仏教ではこういう姿勢を〈対治《たいじ》〉と〈同治《どうち》〉という言葉で実現してきた。

変異をおこした細胞も、老化してゆく器官も、すべてかけがえのない自己の一部である、と思いたい。闘病などという言葉は、私は苦手である。

『みみずくの散歩』

病に陥ったときは、絶望、挫折などにおそわれ、八方《はっぽう》ふさがりの境地になります。そのときは、ジタバタせず、〈自然法爾〉とつぶやき、吹いてくる風に身を任せます。

するとヽいつの間にか雲の切れ間から、一条の光がさしこむかのように、もう少しがんばってみようかと思える瞬間がやってくるのです。そうなったら、こちらのもの。

『杖ことば』

17

信じるということ

この世のことは、すべて「物理」か「物語」のどちらかであると私は思う。「物理」は証明できなければならない。そして「物語」は共感されなければならない。

その両方が大切なのだ。そして私たちはこの「理解」と「共感」の二つの世界のあいだを、揺れる振子《ふりこ》のように行きつもどりつしながら生きるのである。「物理」の世界にかたよってしまうことを、科学主義におちいるという。「物語」の世界だけに生きることを神秘主義におちいるという。私たちはこの両方にふれてはじき返され、もう一方に揺れてはまた反対に動く。

どちらか片方にいって止まってしまったらおしまいである。生《せい》あるものは、つねに揺れうごきながら生きるのだ。

『元気』

17

この宇宙のなかの出来事というのは本当に神秘的で、人間の知恵のなかなか及ばないところにある。それでも、科学とか学問とかによってわれわれはここまで接近することができた。そのことは素晴らしい。それでも、この百年間に進んだ科学が理解できたことは、この大宇宙の自然の、おそらく百万分の一ぐらいではなかろうか。

『夜明けを待ちながら』

天とは、天地自然万物《ばんぶつ》の存在のすべてをつらぬくエネルギーであり、目に見えない意志のようなものだと感じています。
万有引力《ばんゆういんりょく》ということばがあるように、この宇宙の、ありとあらゆるものに作用している力がある。人間も、森も、海も、草も、虫も、すべてその力の影響を受けて存在している。

『天命』

人間はみずからが欲するものしか見ないのだ。私たちは広角レンズよりもなお広く、世界と現実の隅々《すみずみ》まで見渡しているかのように錯覚《さっかく》している。

『下山の思想』

自己の人生を演出する。そこに人生そのものへの積極的な意志が生れる。強い人間としてのポーズに固執《こしゅう》するなら、何物をも怖《おそ》れてはならない。少なくとも、怖れないふりをしなくてはならない。電気椅子の上でも、微笑して死を迎えなければならない。墓場にはいるまで幕は降りないのだから。

弱い人間が幕の降りるまで勇者を演技し終えれば、それは勇者なのだ。変らぬ愛を死ぬまで演出しつづければ、それが永遠の愛となる。映画〈グレン・ミラー物語〉などは、その演技をつらぬき通した男と女の物語である。ぼくらは、演技して生き、演出して自分の人生を作り出す。それは義務としてではない。むしろ軽やかな気分で、娯しみとしてそうすることが素晴らしい。幕が降りる日は必ずくるのだ。それまでどんなにむずかしくとも、それを演じ続けること、そこに一つのたしかな世界があることを信じたい。信じるということこそ、実は演ずる上での最も重要な部分なのである。

『宛名のない手紙』

17

オリンピックまであと何日、という電光掲示板の数字と同じように、一日が過ぎるとカタリとひとつ目盛りが動く。

その感じは悪くないものだ。少しの負け惜しみもなく正直に言うのだが、透明で、自由な気分が、風が吹き抜けていくように体を通り抜けていく。

それは覚悟でもなく、達観《たつかん》でもない。しいて言えば脱力感とでも表現したらいいのだろうか。人は大河の一滴。つくづくそう実感する。水の流れとともに時を下ってゆく大きな河。その流れに身をおいて、いまさら何を流れに逆らおうというのか。

『百の旅 千の旅』

宇宙に絶対の必然などというものはない。偶然なき存在もない。宇宙万物を支配する見えざる力があるとすれば、そこには必ず偶然がまぎれこむ余地がある。創造主も、神も、天のエネルギーも、遺伝子も、すべてミスをおかすし、思いがけない事故も発生するのだ。そして、それこそが創造の隠された鍵《かぎ》であり、生命の変化のきっかけだと私たちは知っている。

〈運命〉と〈宿命〉の交錯する流れは、おのずと複雑で常に変化してやむことがない。その〈業縁〉の揺れ動くはたらきのなかで、一瞬の偶然や、変異や、事故が起こる可能性がある。そのとき何かが起こると私は信じたい。

『人生の目的』

「不合理《ふごうり》ゆえにわれ信ず」
という言葉を私は信じている。また、私は宇宙という物語を信じる。自然という物語を信じる。浄土という物語を信じる。往生という物語を信じる。他力という物語を信じる。

『元気』

18

自分という物語

浄土も、天国も、極楽も、地獄も、すべて人びとの織りなした精妙《せいみよう》な物語である。物語だから意味がないと考えているのではない。その逆だ。物語だからこそ「信じる」という決断が生じるのだ。それが物語でなく、科学的に証明され確認できる事実なら、「信《しん》」というすばらしい精神世界は成立しないだろう。目で見ることができ、手で触れることができ、実際にいくことができる世界には、「信」じることなど必要ない。退屈しながらそこへいけばいいだけのことだ。

「信じる」という行為は、人間のすることのなかで、もっともスリルと感動にみちた賭《か》けである。なんの保証も証明もないことを信じ、その物語に人生をあずけるのだから。

『元気』

物語はひとつである必要はありません。生きている人間は、ひとりひとりが全員、自分の物語というものを持っている。

その物語はひとりひとりが全部違っていい。自分の人生の物語があり、父と母の物語があり、兄弟の物語があり、一家の物語があり、そして地域には地域の物語がある。その土地その土地から国という物語まで広がっている。

私たちは自分で、与えられた物語ではなく、自分の一生、自分の人生という物語を自分の手で創る。

このことが、ある意味でひとつの人生の目的とも言えるのではないかと考える時があります。生まれて、そして死んでいく、それまでの何十年という期間、これは一編の物語である。

『歓ぶこと悲しむこと』

「元気の海」とは、宇宙万物の根元の世界だ。それを「浄土」とも呼ぶもよし、「マンダラ世界」とイメージするもよし、「限りない光の世界」と見るもよし、「仏国土《ぶつこくど》」と名づけてもいいだろう。

親鸞はそれを「自然《じねん》」と呼んだ。「自然《じねん》」とは、「自然《しぜん》」の「いのち」のことである。

地球も、太陽系も、銀河系も、いつかは消滅する。宇宙のアポトーシス（自死）だ。しかし、宇宙が消滅しても宇宙の「いのち」は消えない。それが「自《じ》然《ねん》」だ。

人間は「自然《じねん》」の一部である。

自然《しぜん》である「からだ」と「こころ」が消えても、「自然《じねん》」である「いのち」は消えない。「からだ」と「こころ」という親しいパートナーと別れ、服をぬぎすてた裸《はだか》の「いのち＝自分＝たましい」として「元気の海」に流れいる。

『元気』

18

幼年期、サンタクロースや妖怪の存在を本当に信じていたときの、イキイキとした喜びは、妄想の喜びです。その妄想力を使って、人生の最終場面を楽しむことはできないか、私はいま、そう考えているのです。

肉体は、現実に置きながら、妄想力を駆使して、過去にも未来にも行ってみることができる。脳の中のことだから、歴史をさかのぼることもできるし、海外にも宇宙にも飛んで行くことができる。これは愉快なことではないかと思うのです。

『百歳人生を生きるヒント』

「物語」は、それがどんなに精緻《せいち》な論理によって組み立てられていようとも、しょせんその本質は夢であり、人間の願望をうつす鏡にすぎない。どんな理屈をつけようとも、本当はその「物語」に共感しただけのことだ。人はまず信じて、それから納得できる理由をさがすのである。

『元気』

18

死後は無である、というのもひとつの信仰の物語である。「死」から還ってきた証人などどこにもいないからである。死後が無であると信じるのも、死後の世界があると信じるのも、ともに「信」の世界であるのなら、私は死んだのちのあたらしい世界を想像し、その物語を信じたいと思う。

『元気』

陸ではは大漁旗がはためいて、そして待っている人たちも漁師さんたちもすごく活気に満ちて、「おい、大漁だぞ」というふうに喜んでいる。町々はその大漁で活気づき沸き返っている。

しかし、一方海のなかではたくさんの鰯《いわし》が網にかかって、海の生活から切り離されてしまい、別れていったことにたいして、海底では静かにその鰯たちの友人、家族、兄弟、仲間たちが、捕獲された仲間たちの弔《とむら》いをひっそりとしめやかに行っているのではなかろうか。

海の上では大漁旗がはためき、人間たちの歓声がこだまする。同じように、海の底では魚の仲間たちの弔いがしんみりと続いてる。

『歓ぶこと悲しむこと』

19　放浪者たちへ

ひとつのことを長く続けていくのは、時間を超えて生きていくことにつながっていく、という考えかたが私の基本にある。できるだけ長く持続するということもまた、ひとつの旅のありかたではないか。立ちどまったときに、持続する旅の時間が切れるという感覚がある。旅を終えるのではなく、旅をし続ける。「し続ける」ということに意味があるのだ。

『百の旅　千の旅』

19

考えてみると、人生というやつは、本当に旅に似ていると思う。「青春」「朱《しゅ》夏《か》」「白秋」「玄冬《げんとう》」という四つの季節を旅し、死んだ後もその旅は終らない。親鸞は、浄土に往生した死者も、やがてはこの世にふたたびもどってくると考えた。「往相《おうそう》」と「還相《げんそう》」、いわゆる「往還」の思想である。

つまり人間をふくめて、存在するものはすべて旅する者なのだ。どこまでも旅は続くのである。人はみな旅人、という私の実感も、そこに根ざしているのだろう。

『百の旅　千の旅』

ホモ・モーベンス（動民）、という言い方がある。ホモ・サピエンス（現生《げんせい》人類《じんるい》）はホモ・モーベンスである。直立二足歩行を始めた時代から、歩いたり動いたり、そのへんを徘徊したり、野を歩いたり山を歩いたり、動きまわる姿こそが、人間の生き方の本来の姿かもしれないという気がしているのだ。

だから、ある年齢に達し、世間的な絆や常識のタガが外れたときに、人間のこころの奥深くに隠されている、放浪、移動する欲求、そうしたものが表に現れ、徘徊という現象を起こしているのかもしれない。

『孤独の力』

ぼくの考えでは、地理的な行動半径が広い、などということは、いささかもその人間の知的行動力の裏付けにはならぬ。一枚の皿の上にも、無限の想像力の宇宙はあるはずだ。しかし、定点を持たぬ人間、帰りつくべき故郷、幻のゲマインシャフトを、敢然として意識的に放棄した人間の思想は、新しい世界への突破口となる可能性をはらんでいるように思われる。

大地に根をおろした、どっしりした人生、などというイージーな人生観が尊ばれる日本では、ぼくらの内部にも、絶えず血と大地の故郷を求める気持ちが頭をもたげてくる。しかし、帰るべき所はない、と決意した時からぼくらの新しい視界が開けてくるはずだ。

『風の幻郷へ』

土地に縛りつけられて、日が昇ると働き、日が沈むと寝る。そして国への貢《みつ》ぎ物をただ作っていく。それが人間の道だと讃美され、おまえたちは立派な民《たみ》草《くさ》なのだと言われて、移動放浪を禁じられた人間は、自由に移動放浪してやってくる旅芸人とか、移動民とか、物乞いとか、そういう人たちに対して当然のことながら蔑視と同時に羨《うらや》ましさの感覚を抱いていた。

『孤独の力』

19

放浪は寂しいことなのだ。寂しいことだけど、歓びがある。定住する人には、定住することの寂しさがある。定住することの歓びというものもある。

そのどちらに軸足を置くかで、その人の生き方が分かれてゆくわけだけれども、孤独のこころを、定住しても失わないということが、私はすごく大事な生き方のような気がしている。

『孤独の力』

世の中はときに澄み、ときに濁る。いわば川の流れと同じようなものだ。中国の大河は、おおむね黄砂《こうさ》をふくんで透明でないことが多いが、清らかに澄んでいないことをひとり嘆き、怒っているばかりでは生きていくことはできない。
幸いにも水が澄んだら自分の大切なものを洗えばよい。魂を洗うこともよし、またおのれの顔を洗うもよし。そして水が黄色く濁ったとしても、なにも茫然《ぼうぜん》と立ちすくんで怒り悲しむ必要もないではないか。足もとを見るがよい。ほれ、おまえさんのその足は泥の上を歩いて、いつのまにか汚れて泥もこびりついている。たとえ濁った水といえども、その自分の汚れた足を洗うには十分というものだ。それともあんたは、自分の体のどの一部も、ちりひとつついていない玉のような清らかな存在だとでも考えているのかね。

『大河の一滴』

19

ブッダは坐る人であるより、歩く人だった。ホモ・モーベンスの一人であった。そして語り続けて、その生涯を旅に終えた。

『下山の思想』

20 家路

もう帰り道なのだ。帰ればそこには家族がいる。こちらの体は冷えきっていても、あちらには暖かい茶の間がある。やすらぎと、くつろぎと、そしてぬくもりもある。

『みみずくの散歩』

家路

20

この山の荘厳《そうごん》さはどうだ、この植物の力はなんとすばらしいのだろう、なぜこんなふうに季節はめぐり、四季こもごもの実りをもたらすのか。

『大河の一滴』

花が咲き、苦痛もなく、こころにのぼるのは、かつて過ごした町の楽しい記憶。

『天命』

20

ただ一人の自分であることが尊く、ありがたいことなのだ。

その感覚を、さらに深く、強く追求していったなら、ひょっとすると自分の生の残り時間、「天寿」というものが見えてくるのではないか。

『運命の足音』

人間の生命は海からはじまった。人が死ぬということは、月並みなたとえだが、海に還る、ということではないのか。生命の海に還り、ふたたびそこから空にのぼっていく。そして雲となり露となり、ふたたび雨となって、また地上への旅がスタートする。

それが私の空想する生命の物語だ。

『大河の一滴』

命あるのものには意志がある。この世の中は命あるもので満ちている。命あるもののおおもととは何か。自分も末端にあるひとつの細胞であると考えれば、アイデンティティの問題はそこに帰するわけです。それは永遠不滅のアイデンティティを持っていることになります。生きていても還る場所がある。死んでも還る場所がある。

『天命』

あとがき

およそ五十年あまりの文筆業のなかで、その時その時の実感を文字にしてきた。いま改めてそれらの文章を眺めてみて、驚くことが二つある。

一つは自分の姿勢が常に変化しつづけていることだ。登山と下山では、重心のおき方がちがう。姿勢もちがう。目線も変化する。それぞれの時代に応じて、さまざまな立ちかた、歩きかたをしている。追い風のときと向い風のときとで、絶えず変化している。

しかし、もう一つ気づくことは、人は変らない、ということとだ。表現のしかたはさまざまだが、進路は呆れるほど変ってはいない。

オーバーステアでカーブに突っ込んだときは、カウンターを当てる。いわゆる逆ハンドルだ。ドリフトして大きく尻を振るのも、進路を選ぶための技術だ。

ものを書き続けていくことは、耐久レースのようなものである。どんなにスピードを出しても、コースアウトしてしまえば失敗なのだ。

その意味では、これらの雑然とした文章の数々は、刻々と変化する時代の中で、右往左往しながらも一定の進路を確保しているような気がしないでもない。

古い文章を人目にさらすことは、誰しも気恥かしいことだ。

首をすくめるような部分も少くない。しかし、雑然とした中に真実はある、というのが私の信念だった。その初心は今も変っていない。

散乱する文章の切れ端にも、時代の影が宿っている。その意味では、この一冊は未整理のままの年代史といえるかも知れない。

わがまま勝手なこの小冊子を手にとってくださった未知の読者に、無言でうなずき合うエールを送りたい。地図のない旅へ出発するかたがたへの、ささやかなナビゲーションとなれば、とひそかに思う。

五木寛之

出典一覧

『にっぽん漂流』 文藝春秋 一九七〇
『ゴキブリの歌』 毎日新聞社 一九七一
『地図のない旅』講談社 一九七二
『かもめのジョナサン』 新潮社 一九七四
『異国の街角で』 文藝春秋 一九七五
『エコーの森をぬけて』 講談社 一九八〇
『宛名のない手紙』 講談社 一九八〇
『人間へのラブ・コール』講談社 一九八〇
『午後の自画像』角川書店 一九九二
『生きるヒント』 文化出版局 一九九三
『みみずくの散歩』 幻冬舎 一九九四
『風の幻郷へ』 東京書籍 一九九四
『こころ・と・からだ』 集英社 一九九六

『大河の一滴』　幻冬舎　一九九八
『人生の目的』　幻冬舎　一九九九
『他力』　講談社　一九九八
『夜明けを待ちながら』　東京書籍　一九九八
『運命の足音』　幻冬舎　二〇〇二
『百の旅　千の旅』　小学館　二〇〇四
『旅のヒント』　東京書籍　二〇〇四
『元気』　幻冬舎　二〇〇四
『天命』　東京書籍　二〇〇五
『新・風に吹かれて』　講談社　二〇〇六
『人間の関係』　ポプラ社　二〇〇七
『林住期』　幻冬舎　二〇〇七
『人間の覚悟』　新潮社　二〇〇八
『下山の思想』　幻冬舎　二〇一一
『いまを生きることば・朝顔は闇の底に咲く』　東京書籍　二〇一一
『いまを生きることば・歓ぶこと悲しむこと』　東京書籍　二〇一一

『選ぶ力』　文藝春秋　二〇一二
『退屈のすすめ』　ＫＡＤＯＫＡＷＡ　二〇一三
『新老人の思想』　幻冬舎　二〇一三
『生きる事はおもしろい』　東京書籍　二〇一三
『孤独の力』　東京書籍　二〇一四
『杖ことば』　学研パブリッシング　二〇一四
『好運の条件』　新潮社　二〇一五
『自分という奇蹟』　ＰＨＰ研究所　二〇一五
『余命』　祥伝社　二〇一五
『とらわれない』　新潮社　二〇一六
『玄冬の門』　ＫＫベストセラーズ　二〇一六
『ただ生きていく、それだけで素晴らしい』　ＰＨＰ研究所　二〇一六
『百歳人生を生きるヒント』　日本経済新聞出版社　二〇一七
『孤独のすすめ』　中央公論新社　二〇一七

（初刊単行本を掲載しました）

五木寛之　いつき・ひろゆき

一九三二（昭和七）年九月福岡県生まれ。幼少期を朝鮮半島で過ごし四七年引揚げ。五二年早稲田大学入学。五七年中退後、編集者、作詞家、ルポライター等を経て、六六年『さらばモスクワ愚連隊』で第六回小説現代新人賞、六七年『蒼ざめた馬を見よ』で第五十六回直木賞、七六年『青春の門』筑豊編ほかで第十回吉川英治文学賞、二〇〇二年、第五十回菊池寛賞、〇四年、第三十八回仏教伝道文化賞、一〇年『親鸞』で第六十四回毎日出版文化賞特別賞受賞。『朱鷺の墓』『戒厳令の夜』『蓮如』『風の王国』『大河の一滴』『他力』『天命』『林住期』『人間の関係』『下山の思想』『孤独のすすめ』『眠れぬ夜のために』など著書多数。

装丁　石間淳
装画　平岡瞳

旅立《たびだ》つあなたへ
自分《じぶん》を愛《あい》するための20章《しょう》

印刷日　二〇一九年三月一〇日
発行日　二〇一九年三月二〇日

著　者　五木寛之《いつきひろゆき》
発行人　黒川昭良
発行所　毎日新聞出版
〒一〇二-〇〇七四
東京都千代田区九段南一-六-一七　千代田会館五階
営業本部　〇三-六二六五-六九四一
図書第一編集部　〇三-六二六五-六七四五

印　刷　精文堂印刷
製　本　大口製本

ISBN978-4-620-32574-3